…tagonistes de la série s'y croisent, et pas forcément par le fruit du hasard…

DESSINS : MALO KERFRIDEN

SCÉNARIO : HERVÉ RICHEZ

TRAFFIC

Tome 1 : Contre la montre

La bombe qu'il doit désamorcer, c'est lui…

Scénario

Alexis ROBIN

Dessins

Malo KERFRIDEN

Couleurs

Scarlett SMULKOWSKI

FOCUS

Qu'ils soient romanciers, cinéastes ou chanteurs, des artistes de tous horizons ont partagé la même fascination pour l'univers ferroviaire.

La bande dessinée ne fait pas exception à cette règle. Fantastiques lieux de brassage social, les gares et les trains offrent des possibilités infinies pour tout scénariste bien inspiré.

C'est ainsi que plusieurs de nos auteurs ont imaginé **Traffic**, *une nouvelle série innovante pour la collection Focus.*

- ***5 albums** pour **5 visions d'auteur** ;*
- *un **suspense** savamment dosé ;*
- *des couvertures réalisées par **Jean Giraud**.*

À l'origine d'un univers aussi dense que Traffic, ***une bande annonce de 8 pages**, que vous pouvez découvrir sur les pages de garde de cet album et sur www.angle.fr/traffic.*

Observez-la en détail, car tous les protagonistes de la série s'y croisent, et pas forcément par le fruit du hasard...

Chaque personnage, même anodin, revêt son importance et pourrait même devenir un acteur majeur de Traffic.

Alors, rendez-vous sur www.angle.fr/traffic et prenez place, l'aventure commence !

Merci à François et à Christophe, et un grand merci à Hervé pour sa confiance, son implication, ses idées et son soutien.

Alexis

Dessin de couverture : Jean GIRAUD

http://www.angle.fr

116, rue des Jonchères - BP 3
71012 CHARNAY-LÈS-MÂCON cedex
Tél. : 03 85 34 99 09 - Fax : 03 85 34 47 55
Site Web : www.angle.fr
e-mail : bamboo@bamboo.fr

Dépôt légal : mai 2009
ISBN : 978-2-35078-660-5

Imprimé en France
Printed in France by PPO Graphic, 93500 Pantin

CRIC
CLAC
SHLAK
TAC

MAKKAL
NA
NADAÏEV !
TIENS, SALUT CHAPON !
IL PARAÎT QUE TU VAS BOSSER EN ALLEMAGNE ?
EN ALLEMAGNE ET EN POLOGNE, POUR ITL.
RÉFLÉCHIS BIEN AVANT DE PARTIR EN FILIALE. TU VAS TE FAIRE EXPLOITER JUSQU'AU TROGNON.
C'EST MOI QUE ÇA REGARDE, CHAPON. ET IL FAUT VOIR CE QUE ÇA VA ME RAPPORTER...
... ALORS NE ME FAIS PAS LA LEÇON, S'IL TE PLAÎT.
TU JOUES TROP PERSO ! TU SERAS BIEN CONTENT DE TROUVER LES COLLÈGUES QUAND TU AURAS BESOIN D'ÊTRE DÉFENDU !
CRIC
CLAC
BZZZ
ALLÔ ?
NICOLAS ! COMMENT ÇA VA, FRANGIN ?
BEN, ÉCOUTE, ON FAIT ALLER !
JE VOULAIS T'APPELER AVANT DE PRENDRE MON SERVICE. JE VAIS ÊTRE ABSENT UN MOMENT.
2

C'EST PAS PLUTÔT TON PÈRE QUE TU DEVRAIS APPELER ? LA DERNIÈRE FOIS QUE JE L'AI EU, IL...
MON PÈRE ! IL N'ACCEPTE PAS QUE J'AIE PRIS DU GALON...
TU SAIS CE QU'IL DIT ? "LES SEULS À VRAIMENT SAVOIR CE QU'IL FAUT FAIRE, C'EST LES CHEMINOTS DU BALLAST".
C'EST QUAND MÊME DINGUE QUE TU T'ENTENDES SI MAL AVEC LUI ET MOI SI BIEN ! C'EST TON PÈRE ET PAS LE MIEN !
J'AI UNE THÉORIE À CE SUJET. TU RESSEMBLES BEAUCOUP PLUS À MAMAN QUE MOI... TU SAIS...
DEPUIS QU'ELLE EST MORTE, IL PENSE LA RETROUVER EN TOI. JE CROIS QUE... ENFIN...
ALLÔ ? JE NE T'ENTENDS PLUS. TU NE VEUX PEUT-ÊTRE PAS EN PARLER ?
NON, ÇA VA. J'ÉTAIS JUSTE EN TRAIN DE BOIRE MON LAIT.
DU LAIT ? DEPUIS QUAND T'AS LAISSÉ TOMBER LA BIBINE POUR DU P'TIT LAIT ?! JE LE CROIS PAS !
QU'EST-CE QUE TU VEUX ? C'EST MON PETIT PLAISIR RÉGRESSIF DE LA JOURNÉE.

3

BRRRR
12:00
MMH...
PUTAIN, QU'EST-CE QUE ?...
A... HEM ! ALLÔ ?
MAKKAL NADAÏEV ? C'EST CHRISTIAN LÉAUD, LE PERMANENT TRACTION. ÇA VA ? T'ÉTAIS CENSÉ PASSER À LA FEUILLE, IL Y A DIX MINUTES...
... IL EST HUIT HEURES ET QUART. TON TRAIN PART À 8 H 35. ÇA IRA ?
PUTAIN ! NON, ÇA VA PAS DU TOUT. JE SAIS PAS CE QUE J'AI, MAIS...
T'ES MALADE ? BON, LAISSE TOMBER. SOIGNE-TOI, ON VA APPELER UN GARS À LA RÉSERVE.
MERCI.
11:56
?!
C'EST QUOI ? QU'EST-CE QUE J'AI LÀ ?
ON DIRAIT DES...
AÏE !
4

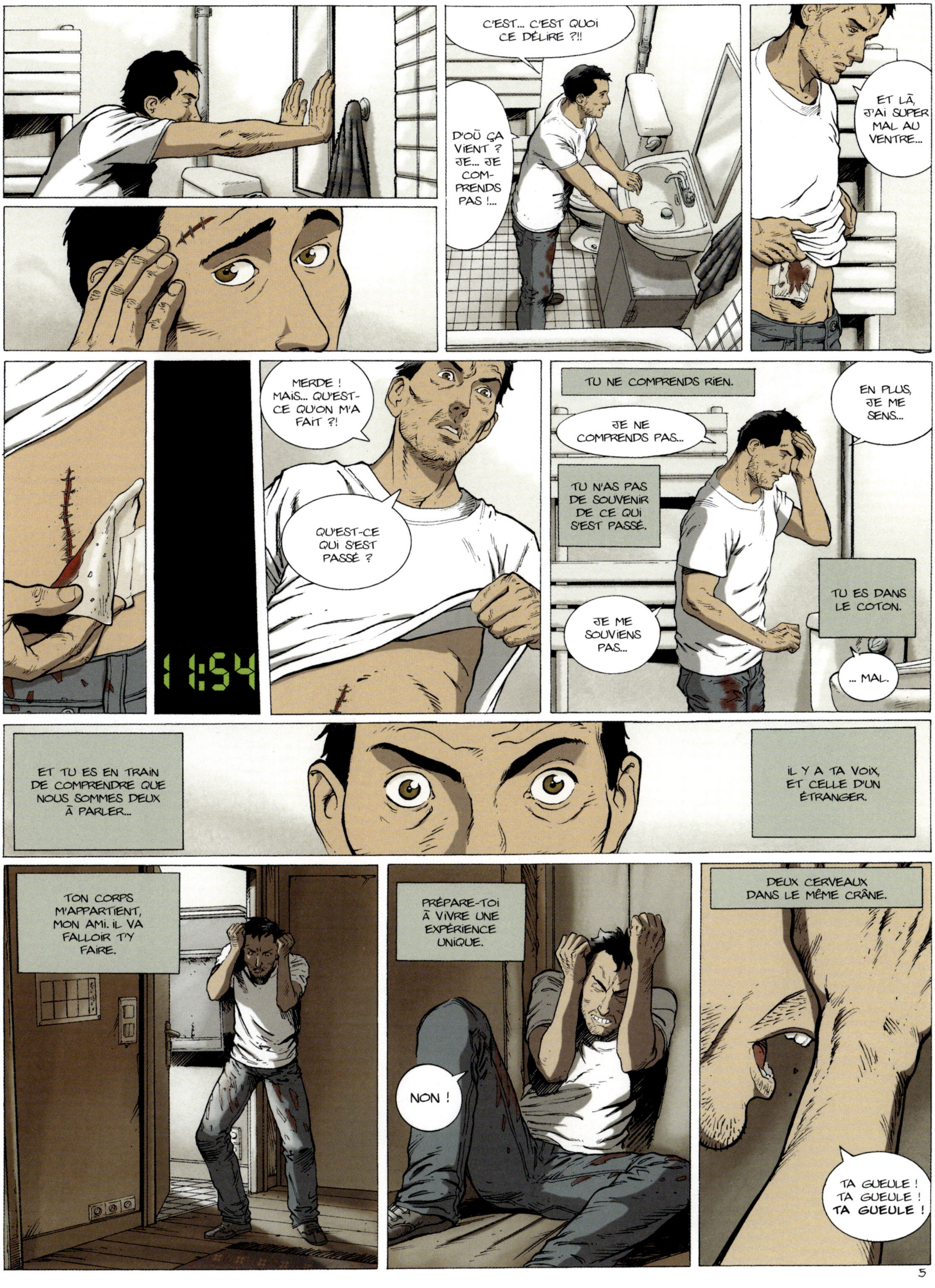
C'EST... C'EST QUOI CE DÉLIRE ?!!
D'OÙ ÇA VIENT ? JE... JE COMPRENDS PAS !...
ET LÀ, J'AI SUPER MAL AU VENTRE...
MERDE ! MAIS... QU'EST-CE QU'ON M'A FAIT ?!
QU'EST-CE QUI S'EST PASSÉ ?
11:54
TU NE COMPRENDS RIEN.
JE NE COMPRENDS PAS...
TU N'AS PAS DE SOUVENIR DE CE QUI S'EST PASSÉ.
JE ME SOUVIENS PAS...
EN PLUS, JE ME SENS...
TU ES DANS LE COTON.
... MAL.
ET TU ES EN TRAIN DE COMPRENDRE QUE NOUS SOMMES DEUX À PARLER...
IL Y A TA VOIX, ET CELLE D'UN ÉTRANGER.
TON CORPS M'APPARTIENT, MON AMI. IL VA FALLOIR T'Y FAIRE.
PRÉPARE-TOI À VIVRE UNE EXPÉRIENCE UNIQUE.
NON !
DEUX CERVEAUX DANS LE MÊME CRÂNE.
TA GUEULE ! TA GUEULE ! **TA GUEULE !**
5

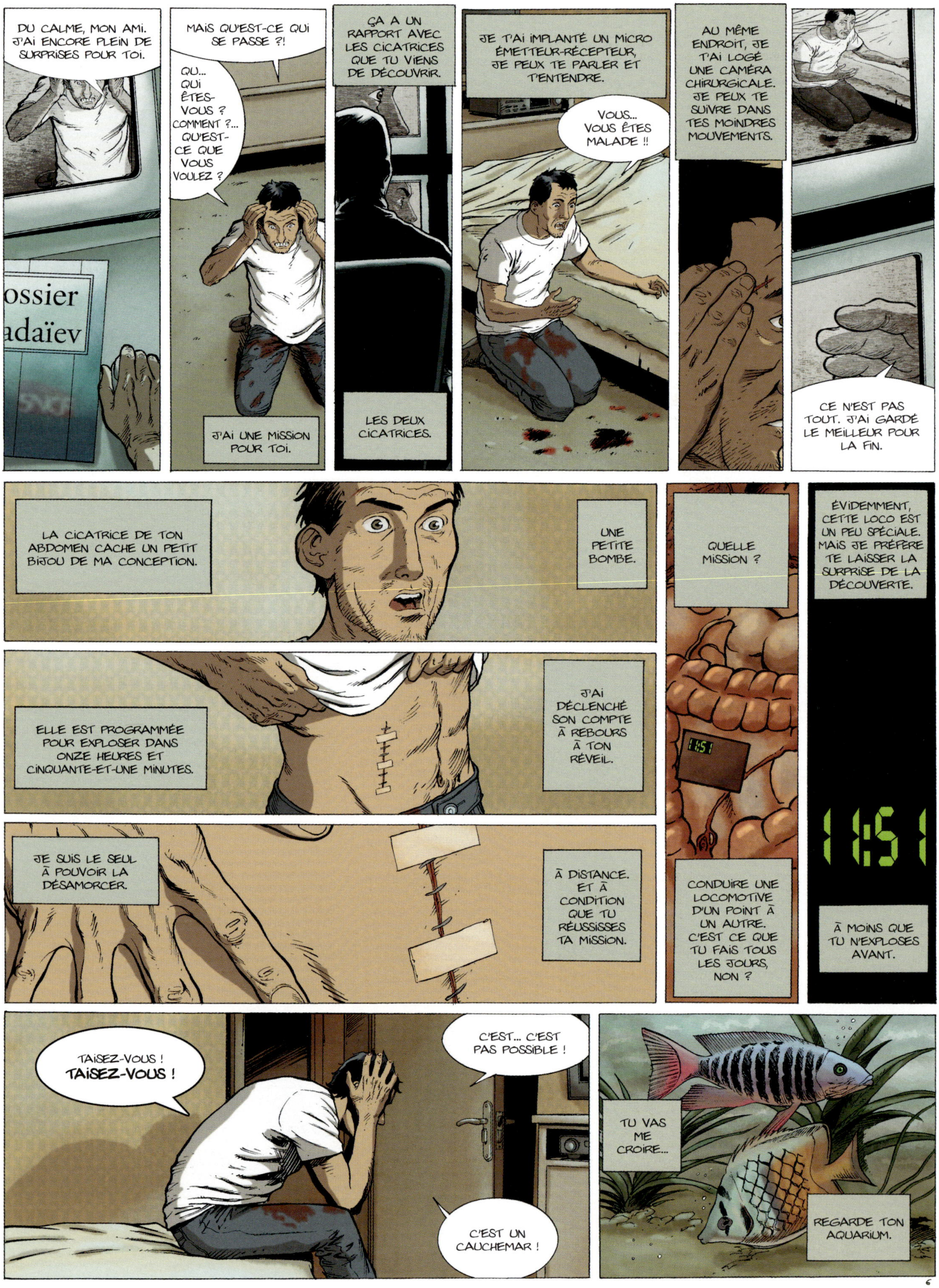
DU CALME, MON AMI. J'AI ENCORE PLEIN DE SURPRISES POUR TOI.
ossier
adaïev
MAIS QU'EST-CE QUI SE PASSE ?!
QU... QUI ÊTES-VOUS ? COMMENT ?... QU'EST-CE QUE VOUS VOULEZ ?
J'AI UNE MISSION POUR TOI.
ÇA A UN RAPPORT AVEC LES CICATRICES QUE TU VIENS DE DÉCOUVRIR.
LES DEUX CICATRICES.
JE T'AI IMPLANTÉ UN MICRO ÉMETTEUR-RÉCEPTEUR, JE PEUX TE PARLER ET T'ENTENDRE.
VOUS... VOUS ÊTES MALADE !!
AU MÊME ENDROIT, JE T'AI LOGÉ UNE CAMÉRA CHIRURGICALE. JE PEUX TE SUIVRE DANS TES MOINDRES MOUVEMENTS.
CE N'EST PAS TOUT. J'AI GARDÉ LE MEILLEUR POUR LA FIN.
LA CICATRICE DE TON ABDOMEN CACHE UN PETIT BIJOU DE MA CONCEPTION.
UNE PETITE BOMBE.
ELLE EST PROGRAMMÉE POUR EXPLOSER DANS ONZE HEURES ET CINQUANTE-ET-UNE MINUTES.
J'AI DÉCLENCHÉ SON COMPTE À REBOURS À TON RÉVEIL.
JE SUIS LE SEUL À POUVOIR LA DÉSAMORCER.
À DISTANCE. ET À CONDITION QUE TU RÉUSSISSES TA MISSION.
QUELLE MISSION ?
11:51
CONDUIRE UNE LOCOMOTIVE D'UN POINT À UN AUTRE. C'EST CE QUE TU FAIS TOUS LES JOURS, NON ?
ÉVIDEMMENT, CETTE LOCO EST UN PEU SPÉCIALE. MAIS JE PRÉFÈRE TE LAISSER LA SURPRISE DE LA DÉCOUVERTE.
11:51
À MOINS QUE TU N'EXPLOSES AVANT.
TAISEZ-VOUS ! **TAISEZ-VOUS !**
C'EST... C'EST PAS POSSIBLE !
C'EST UN CAUCHEMAR !
TU VAS ME CROIRE...
REGARDE TON AQUARIUM.

NE PERDS PAS DE TEMPS. L'HEURE TOURNE.
NON.
NON.
J'AIMERAIS QUE TU VOIES QUELQUE CHOSE.
SORS DE MA TETE !! SORS DE MA TETE !!
DÉSOLÉ, MON AMI, MAIS JE T'AI CONDAMNÉ À ME SUPPORTER PENDANT LES DOUZE PROCHAINES HEURES.
TON AQUARIUM !
TU VAS COMPRENDRE.
REGARDE BIEN.
TU L'AS VUE ?
C'EST LA MÊME QUE CELLE QUE TU AS DANS LE CORPS.
00:02
00:01
SKRAASSH
11:49

7

POURQUOI MOI ?
TU T'ES INTRODUIT CHEZ MOI, TU M'AS CHARCUTÉ PENDANT MON SOMMEIL...
MAIS, PUTAIN, QU'EST-CE QUE J'AI BIEN PU FAIRE POUR MÉRITER ÇA, ENFOIRÉ ?!
BAMBOO
GARDE TON SANG-FROID, MON AMI. TU VAS EN AVOIR BESOIN.
ARRÊTE-TOI, ET LAISSE-MOI TE DIRE OÙ TU DOIS ALLER.
TU M'AS MIS UNE CAMÉRA DANS LE CRÂNE, TU M'AS MIS UNE BOMBE DANS LE VENTRE...
pizza+
TUT
ET TU CROIS VRAIMENT QUE JE VAIS ME LAISSER FAIRE !
EST-CE QUE TU CROIS AVOIR LE CHOIX ? !
URGENCES
MAIS SI TU AS BESOIN D'ALLER AUX URGENCES POUR EN ÊTRE SÛR...
EXACTEMENT ! ILS VONT M'OUVRIR, ET DANS UN QUART D'HEURE, TES GADGETS SERONT À LA POUBELLE.
REGARDEZ !
IL FAUT QU'ON M'OPÈRE ! L'ABDOMEN...
... ET LE CRÂNE !
CALMEZ-VOUS, MONSIEUR.
DONNEZ-MOI VOTRE NOM ET RACONTEZ-MOI CALMEMENT CE QUI VOUS EST ARRIVÉ...
... ON VIENDRA VOUS CHERCHER DANS LA SALLE D'ATTENTE.
TU TE SENS UN PEU MAL, N'EST-CE PAS ? C'EST NORMAL, ÇA VA PASSER. C'EST LE CONTRECOUP DE MA PETITE CHIRURGIE.
LAISSE-MOI.
JUSTE UN CONSEIL : NE LEUR DIS PAS QUE TU AS UNE BOMBE DANS LE CORPS.
TA GUEULE !!
QUOI ? VOUS N'AVEZ JAMAIS VU QUELQU'UN PARLER TOUT SEUL ? Y A DES GENS QUI PARLENT TOUT SEULS. BEN, VOILÀ : MOI, JE PARLE TOUT SEUL !
MONSIEUR NADAÏEV...
08

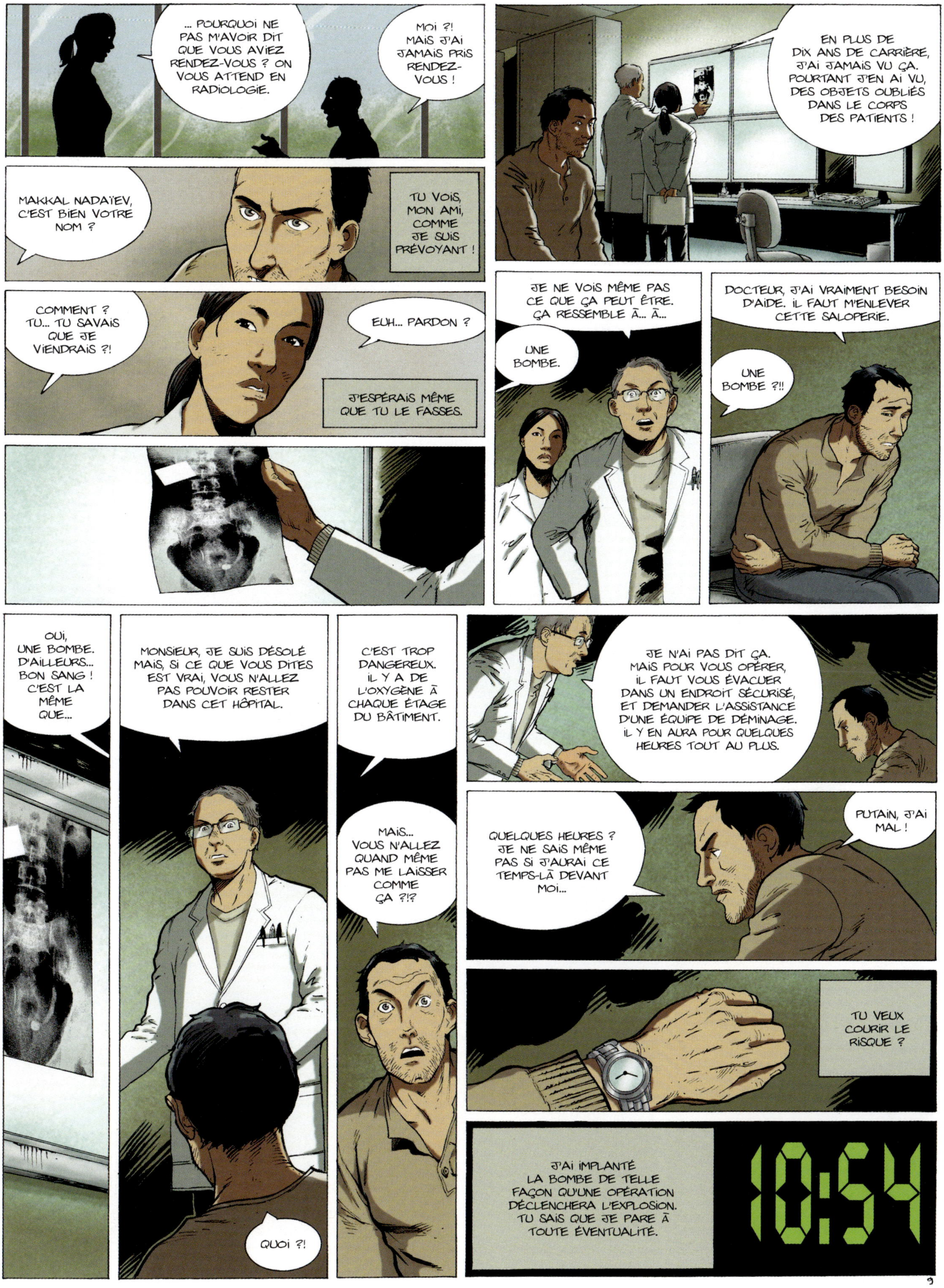
... POURQUOI NE PAS M'AVOIR DIT QUE VOUS AVIEZ RENDEZ-VOUS ? ON VOUS ATTEND EN RADIOLOGIE.
MOI ?! MAIS J'AI JAMAIS PRIS RENDEZ-VOUS !
MAKKAL NADAÏEV, C'EST BIEN VOTRE NOM ?
TU VOIS, MON AMI, COMME JE SUIS PRÉVOYANT !
COMMENT ? TU... TU SAVAIS QUE JE VIENDRAIS ?!
EUH... PARDON ?
J'ESPÉRAIS MÊME QUE TU LE FASSES.
EN PLUS DE DIX ANS DE CARRIÈRE, J'AI JAMAIS VU ÇA. POURTANT J'EN AI VU, DES OBJETS OUBLIÉS DANS LE CORPS DES PATIENTS !
JE NE VOIS MÊME PAS CE QUE ÇA PEUT ÊTRE. ÇA RESSEMBLE À... À...
UNE BOMBE.
DOCTEUR, J'AI VRAIMENT BESOIN D'AIDE. IL FAUT M'ENLEVER CETTE SALOPERIE.
UNE BOMBE ?!!
OUI, UNE BOMBE. D'AILLEURS... BON SANG ! C'EST LA MÊME QUE...
MONSIEUR, JE SUIS DÉSOLÉ MAIS, SI CE QUE VOUS DITES EST VRAI, VOUS N'ALLEZ PAS POUVOIR RESTER DANS CET HÔPITAL.
QUOI ?!
C'EST TROP DANGEREUX. IL Y A DE L'OXYGÈNE À CHAQUE ÉTAGE DU BÂTIMENT.
MAIS... VOUS N'ALLEZ QUAND MÊME PAS ME LAISSER COMME ÇA ?!?
JE N'AI PAS DIT ÇA. MAIS POUR VOUS OPÉRER, IL FAUT VOUS ÉVACUER DANS UN ENDROIT SÉCURISÉ, ET DEMANDER L'ASSISTANCE D'UNE ÉQUIPE DE DÉMINAGE. IL Y EN AURA POUR QUELQUES HEURES TOUT AU PLUS.
QUELQUES HEURES ? JE NE SAIS MÊME PAS SI J'AURAI CE TEMPS-LÀ DEVANT MOI...
PUTAIN, J'AI MAL !
TU VEUX COURIR LE RISQUE ?
J'AI IMPLANTÉ LA BOMBE DE TELLE FAÇON QU'UNE OPÉRATION DÉCLENCHERA L'EXPLOSION. TU SAIS QUE JE PARE À TOUTE ÉVENTUALITÉ.
10:54

DOUCEMENT AVEC LES ANTI-DOULEURS. SI TU EN PRENDS TROP, ÇA VA T'ASSOMMER.
J'AI MAL, CONNARD !
POURQUOI M'AVOIR LAISSÉ ALLER À L'HÔPITAL ? TU AURAIS PU ME DIRE PLUS TÔT QUE J'ÉTAIS INOPÉRABLE.
JE VOULAIS QUE TU VOIES LA BOMBE. POUR TE MOTIVER.
DÉCIDÉMENT, TU DEVIENS MAÎTRE DANS L'ART DE PERDRE DU TEMPS !
JE NE PEUX PAS ME RETENIR PENDANT 12 HEURES. JE NE SUIS PAS JACK BAUER !
ET MERDE, J'OUBLIAIS ! FERME LES YEUX !
DÉPÊCHE !...
PARCE QUE JE T'AI PRIS UN AUTRE RENDEZ-VOUS. AVEC QUELQU'UN D'IMPORTANT.
BONJOUR BERNARD. TU SAIS DE QUOI ILS VONT NOUS PARLER À CETTE RGD*?
SÛREMENT DES NOUVELLES MARQUES DE LA SNCF.
*RÉUNION GÉNÉRALE DE DIRECTION
J'AIMERAIS BIEN QUE TU NOUS EXPLIQUES SUR QUOI TU TRAVAILLES. J'AI ENTENDU DIRE QUE C'ÉTAIT ÉNORME.
TIBILI... TIBILI...
JE NE VOIS MÊME PAS DE QUOI TU PARLES. EXCUSE-MOI...
BERNARD STERN ?
LUI-MÊME.
J'AI UN MESSAGE DE LA PART DE JÉRÔME CHERRIÉ...
« VOTRE PROTOTYPE EST EN DE BONNES MAINS. »
PARFAIT. TU AS BIEN RÉCITÉ TA LEÇON.
BERNARD, ÇA VA ? TU ES TOUT PÂLE !
C'EST QUI, BERNARD STERN ? JE CROYAIS QUE JE DEVAIS CONDUIRE UN TRAIN...
CHAQUE CHOSE EN SON TEMPS.

BERNARD STERN EST L'UN DES CENT DIRIGEANTS DU GROUPE SNCF. IL TRAVAILLE POUR LE FRET À L'INTERNATIONAL.
SUPER ! EN GROS, C'EST L'UN DE MES PATRONS. TU ES EN TRAIN DE ME FOURRER DANS LES ENNUIS JUSQU'AU COU.
SNCF
ET EST-CE QUE J'AVAIS VRAIMENT BESOIN DE VENIR DEVANT LE SIÈGE DU GROUPE POUR L'APPELER ?
MON AMI, TU N'ES PAS CURIEUX DE VOIR SI LE MESSAGE EST BIEN PASSÉ ?
POUR TOUT TE DIRE, JE CROIS QUE JE M'EN FOUS !
TU NE DEVRAIS PAS. PARCE QUE, SI CE MESSAGE N'EST PAS PASSÉ, TU ES DÉJÀ MORT.
ALLÔ, DOMAIN ?
NON, MONSIEUR. ICI NARDOUR.
STERN À L'APPAREIL. QU'EST-CE QUI SE PASSE CHEZ VOUS ?
EUH... EXCUSEZ-MOI, MAIS JE NE COMPRENDS PAS. TOUT VA BIEN ICI.
VOUS EN ÊTES SÛR ?
TOUT À FAIT SÛR, MONSIEUR. VOTRE PROTOTYPE EST BIEN PROTÉGÉ DANS SON HANGAR SÉCURISÉ.
ET DOMAIN, IL EST OÙ ?
DANS LE POSTE DE CONTRÔLE.
PASSEZ-LE-MOI.
BON ! LE MESSAGE EST BIEN PASSÉ, JE VOIS.
SUIS-LE, ET SURTOUT NE LE PERDS PAS.
JE CROIS QUE J'AI COMPRIS...
... TU NE SAIS PAS OÙ SE TROUVE TA FOUTUE LOCOMOTIVE. ET C'EST CE TYPE QUI DOIT M'Y CONDUIRE.
BRAVO, MON AMI ! TU PROGRESSES.
MAINTENANT, TU SAIS QUE TU N'AURAS LA VIE SAUVE QUE SI TU LE SUIS JUSQU'À SA DESTINATION FINALE.
11

10:28
MONSIEUR, JE CROIS QUE NOUS SOMMES SUIVIS.
STERN, C'EST CELUI QUI A UN ATTACHÉ-CASE. NE LE RATE PAS.
D'ACCORD. D'ACCORD.
GARE DE LYON
VOUS VOULEZ QUE J'ESSAIE DE LE SEMER, MONSIEUR ?
NON, ON N'A PAS LE TEMPS. IL NE FAUT PAS QUE JE RATE LE TRAIN. ON VA FAIRE AUTREMENT...
ILS SONT ENTRÉS. TU LES AS PERDUS DE VUE.
JE VAIS VITE LES RETROUVER.
BINGO ! LE VOILÀ !
MAIS OÙ SONT SES HOMMES ?
BON SANG, C'ÉTAIT JUSTE ! LE TRAIN VA BIENTÔT PARTIR.
MONSIEUR, S'IL VOUS PLAÎT !
ON PEUT SAVOIR CE QUE VOUS CHERCHEZ ?
JE CHERCHE À PRENDRE UN TRAIN. ÉTONNANT, NON ?
LES HOMMES DE STERN ! TU T'ES FAIT REPÉRER. ILS VONT TE RETENIR.
ET VOUS ALLEZ ME LE FAIRE RATER !
UNE MINUTE !
12

SUIVEZ-NOUS. ON A DES QUESTIONS À VOUS POSER.
LE TRAIN NUMÉRO 13126 À DESTINATION DE LYON VA BIENTÔT PARTIR. ATTENTION À LA FERMETURE AUTOMATIQUE DES PORTES...
PAF !
... ATTENTION AU DÉPART.
AAAH !
TAC !
PAK !
PLAC !
POF !
ATTENTION !
MON DIEU, ILS SE BATTENT !
ILS SONT FOUS !
NADAÏEV ?!
ÇA VA ? TU T'AMUSES BIEN ? TU NE VOIS PAS QUE TU ES EN TRAIN DE RATER TON TRAIN ?
KRAK
JE FAIS CE QUE JE PEUX !!
13

QU'EST-CE QUE ?... J'AI PAS DROIT À UN MOMENT DE RÉPIT ?!
ON NE SE BAT PAS DANS UNE GARE. LA POLICE N'AIME PAS ÇA.
J'AI PAS EU LE CHOIX !

COMPLÈTEMENT FOU !
PAS QUESTION DE LE SUIVRE !
IL EST MORT !
TUUUUUUUU
GRRI!!!!
UUUUUUUUUUUUUUUUUUUUUUUUUUUUUUUUUUUUUT
MONSIEUR, ATTENDEZ !
HÉ !!
VVRRRRR
C'EST FOUTU ! C'EST PAS AVEC MA VOITURE QUE JE VAIS RATTRAPER UN TGV...
... TU PEUX ME FAIRE EXPLOSER TOUT DE SUITE !

*COMPAGNIE ALLEMANDE, PREMIÈRE ENTREPRISE FERROVIAIRE EUROPÉENNE

CET HOMME NE DOIT PAS ÊTRE UN NOUVEAU JÉRÔME CHERRIÉ.
NE VOUS INQUIÉTEZ PAS, GÉRARD. J'AI DES AMIS HAUT PLACÉS DANS LA POLICE. ILS SAURONT S'EN OCCUPER.
09:32
?
TULULU
AUXERRE AVALLON DIJON LYON
ALLÔ ?
POLICE
WIUWIU
MAKKAL ? ICI LE PERMANENT TRACTION. QU'EST-CE QUE TU FABRIQUES ? LA POLICE TE RECHERCHE !
SANS BLAGUE ?!
SANS BLAGUE ! J'AI ICI UN OFFICIER DE LA POLICE JUDICIAIRE QUI VEUT TE PARLER. IL PARAÎT QUE TU EN VEUX À L'UN DE NOS GRANDS PATRONS. BERNARD STERN.
PHILIPPE CHAPON T'A VU TE BATTRE AVEC DEUX DE SES EMPLOYÉS...
... T'AS FICHU LA TROUILLE À STERN. C'EST REMONTÉ HAUT. MAINTENANT, ILS TE CONSIDÈRENT COMME UNE SORTE DE DANGER PUBLIC !
ILS N'ONT PAS TORT !
MAIS TU LUI VEUX QUOI, À STERN ?
POLICE
WIU WIU WIU
RENDS-TOI. C'EST LA MEILLEURE CHOSE QUE TU PUISSES FAIRE.
JE NE PEUX PAS !
IL A RACCROCHÉ.
CAPITAINE, LE DOSSIER DE NADAÏEV A DISPARU !
?!
IL NE MANQUAIT PLUS QUE ÇA !
17

09:11
SI TU RESTES SUR L'AUTOROUTE, TU FINIRAS PAR TE FAIRE COINCER. D'AUTRES POLICIERS DOIVENT T'ATTENDRE AU PROCHAIN PÉAGE.
WLU WLU
TIENS ! TE REVOILÀ, TOI ? JE NE T'ENTENDAIS PLUS...
WLU
SI JE TE PARLE QUAND TU ES AU TÉLÉPHONE, TON INTERLOCUTEUR PEUT M'ENTENDRE. ET, POUR L'INSTANT, MON AMI, JE PRÉFÈRE LAISSER CROIRE QUE TU AGIS SEUL.
MAIS MOI, JE PEUX DIRE QU'ON ME MANIPULE. QU'EST-CE QUI M'EN EMPÊCHE ?
CE QUE JE T'AI MIS DANS LE CORPS. TU AS OUBLIÉ ?
ÇA NE RISQUE PAS !
WLU WLU
BAM
WLU WLU

* SERVICE TÉLÉPHONIQUE, DONNE LES HORAIRES DES TRAINS ET L'ÉTAT DE LA CIRCULATION.

08:44
REGARDE TA JAUGE, MON AMI.
JE SAIS. JE VOIS EN MÊME TEMPS QUE TOI...
... MAIS IL FAUT QUE JE M'APPROCHE LE PLUS POSSIBLE DE BEAUNE...
WIU WIU
POLICE
WIUWIUWIUWIU
?
?!
QU'EST-CE QUE ?...
POLICE
STOP ! NE BOUGEZ PLUS !!
OK, CETTE FOIS JE M'ARRÊTE LÀ !!
TU PRÉFÈRES EXPLOSER EN PRISON ?
C'EST ÇA, RESTEZ LÀ. NE FAITES PAS DE BÊTISES !
RETOURNEZ-VOUS, LES MAINS EN L'AIR !
POLICE
NON !!
OH !
20

CRAC
HUMPF !
QUELQU'UN VEUT LE SUIVRE ?
BON, D'ACCORD ! DE TOUTES FAÇONS, À PIED, IL N'IRA PAS LOIN.
AÏE ! MERDE !
AH, MON AMI ! J'AI BIEN FAIT DE TE CHOISIR ! JE NE SUIS PAS SÛR QU'UN AUTRE QUE TOI AIT ÉTÉ CAPABLE DE FAIRE CE QUE TU VIENS D'ACCOMPLIR.
TA GUEULE !
MA CICATRICE S'EST ROUVERTE !
PUTAIN ! ILS SONT DÉJÀ LÀ !
21

ALLEZ, TOI, ARRÊTE-TOI ! SINON JE SUIS FOUTU.
VOUS ÊTES BLESSÉ !?! JE VOUS CONDUIS À L'HÔPITAL ?
À LA GARE DE BEAUNE, PLUTÔT.
J'AI UN TRAIN À PRENDRE QUI POURRAIT BIEN ME SAUVER LA VIE.
T'AS PU LIRE LA PLAQUE ?
NON. ET J'AI MÊME PAS VU LE MODÈLE...
IL EST À QUELLE HEURE, VOTRE TRAIN ?
11 H 55.
C'EST DANS CINQ MINUTES. C'EST JUSTE !
VOUS N'AVEZ PAS L'AIR BIEN DU TOUT. VOUS ÊTES SÛR QUE ?...
LA GARE.
08:18

ÇA VA BIENTÔT FAIRE UNE HEURE QU'ON EST ARRÊTÉ. C'EST LE TARIF NORMAL POUR UN COLIS SUSPECT. ON DEVRAIT BIENTÔT REPARTIR.
J'ESPÈRE. JE DOIS RASSURER NOS PARTENAIRES, ICI. LA RÉUNION VA COMMENCER. S'IL VOUS PLAÎT, NE FAITES PAS TOUT FOIRER...
... ET TENEZ-MOI AU COURANT.
UN PROBLÈME ?
AUCUN, PRÉSIDENT.
TRÈS BIEN ! ALLONS-Y, TOUT LE MONDE EST LÀ.
MAY I INTRODUCE YOU LUC, HE IS THE HEAD OF THE MERCHANDISE RAIL CARRIER IN OUR FREIGHT AND LOGISTIC BUSINESS...
C'EST LUI QUI VOUS PARLERA DE NOTRE FABULEUX PROJET. LUC, VOICI...
... LAVINIA MANCINI, REPRÉSENTANT LES FS(1) ET DOMINIQUE PARENT DE CFF CARGO(2)...
(1)FERROVIE DELLO STATO, LES CHEMINS DE FER ITALIEN.
(2)FILIALE SPÉCIALISÉE DANS LE TRANSPORT DE MARCHANDISES DES CHEMINS DE FER FÉDÉRAUX SUISSES (CFF).
MIKEL HOFNER DE ÖBB(3) ET BRI... PARDON, BRONISLAW MILOJDA DE PKP(4)...
(3)ÖSTERREICHISCHE BUNDESBAHNEN, PRINCIPALE ENTREPRISE FERROVIAIRE AUTRICHIENNE.
(4)POLSKIE KOLEJE PANSTWOWE, LES CHEMINS DE FER POLONAIS.
... ANDREÏ MOLDANOV, DES RJD(5), ET ENFIN ZHIJIANG WONG, J'ESPÈRE QUE JE PRONONCE BIEN, DES CR(6)...
(5)ROSSIJSKIE ZELEZNYJE DOROGI, LA COMPAGNIE DES CHEMINS DE FER RUSSE.
(6)CHINESE RAILWAYS, LES CHEMINS DE FER CHINOIS.

23

M. WONG ATTEND BEAUCOUP DE CETTE RÉUNION. SI VOTRE PROJET TIENT SES PROMESSES, LES BÉNÉFICES SERONT TRÈS IMPORTANTS POUR L'INDUSTRIE CHINOISE...
TOUTEFOIS, IL NÉCESSITE DES INVESTISSEMENTS IMPORTANTS. FAIRE PLUS DE FRET FERROVIAIRE DEMANDE DE REPENSER NOS INFRASTRUCTURES...
... VOILÀ POURQUOI M. WONG ATTEND D'ÊTRE CONVAINCU QU'UNE LIGNE DE FRET FERROVIAIRE, DEPUIS LA CHINE JUSQU'À L'EUROPE, VERS HAMBOURG, BARCELONE ET TURIN, EST UN PROJET VIABLE.
M. MOLDANOV AJOUTE QU'UN TEL PROJET IMPLIQUE DES ACCORDS INTERNATIONAUX...
... EN OUTRE, LA DEUTSCHE BAHN PROPOSE UN TRAIN SIMILAIRE. IL FAUT DONC QUE LE VÔTRE SOIT PLUS PERFORMANT, CE QUI PARAÎT DIFFICILE.
GÉRARD...
MADAME, MESSIEURS, JE COMPRENDS VOS ATTENTES. JE SUIS ICI POUR VOUS CONVAINCRE...
VOICI QUELQUES PHOTOS EN EXCLUSIVITÉ QUI DEVRAIENT VOUS Y AIDER. VOUS ÊTES LES PREMIERS À LES VOIR...
MONSIEUR, JE PEUX VOIR VOTRE PIÈCE D'IDENTITÉ ? QUEL EST VOTRE NOM ?
EMMANUEL BARLET.
MONSIEUR, VOTRE... MERCI.
ON PEUT SAVOIR CE QUE VOUS CHERCHEZ ?
BERNARD STERN ? C'EST BIEN VOTRE NOM ?
OUI. POURQUOI ?
VOUS VOYAGEZ AVEC UN ATTACHÉ-CASE ?
!? OUI.
BENOÎT ! ÇA Y EST, JE L'AI !
?
24

IL S'AGIT D'UN PROTOTYPE RÉVOLUTIONNAIRE, FRUIT DE LONGUES ANNÉES DE RECHERCHES ET DOTÉ DE LA TECHNOLOGIE DE POINTE LA PLUS NOVATRICE...
... LA LOCOMOTIVE QUE VOUS VOYEZ EST CAPABLE DE RECEVOIR LES TYPES DE COURANT DE HUIT PAYS DIFFÉRENTS. ELLE EST BI : ÉLECTRIQUE ET THERMIQUE AVEC LE FIOUL...
... SON SYSTÈME DE GUIDAGE EST CONÇU POUR LIRE LA SIGNALISATION DE TOUS LES PAYS. IL EST ÉQUIPÉ DU GPS ET PROGRAMMÉ POUR GALILÉO, CE QUI LA LOCALISERA À UN MÈTRE PRÈS. ET LA CABINE DE CONDUITE DISPOSE D'UN TÉLÉPHONE SATELLITAIRE...
... MAIS VOYEZ L'EXPLOIT TECHNIQUE RÉALISÉ SUR LES ESSIEUX : LEUR LARGEUR EST RÉGLABLE ! CETTE MACHINE PEUT DONC CIRCULER SUR DES VOIES DONT LES ÉCARTEMENTS SONT DIFFÉRENTS, COMME EN RUSSIE OU EN ESPAGNE...
... CETTE TECHNOLOGIE QUE NOUS AVONS MISE AU POINT EST ABSOLUMENT UNIQUE AU MONDE. VOUS COMPRENEZ POURQUOI JE PARLAIS DE RÉVOLUTION !...
... DE PLUS, CE BIJOU TECHNOLOGIQUE EST ASSEZ PUISSANT POUR TRACTER UN CHARGEMENT D'UN KILOMÈTRE ET DEMI DE LONG...
... TOUS CES ATOUTS FONT DE NOTRE MACHINE UNE CHAMPIONNE. CAR, ÉCOUTEZ BIEN, CELLE-CI METTRA LA CHINE À SEULEMENT HUIT JOURS DE L'EUROPE !
HUIT JOURS ?!
C'EST MOITIÉ MOINS QUE LE TRAIN DE LA DEUTSCHE BAHN !
ET TROIS FOIS PLUS RAPIDE QU'UN NAVIRE PORTE-CONTENEURS !
MME MANCINI EST ÉTONNÉE ET IMPRESSIONNÉE. SI VOUS DITES VRAI, ÇA VA CHANGER LA PLACE DE LA SNCF DANS LE TRANSPORT MONDIAL.
IL EST TEMPS POUR MOI DE VOUS PROPOSER UN RENDEZ-VOUS...
... VENDREDI PROCHAIN, NOUS ALLONS RÉVÉLER NOTRE PROTOTYPE À LA PRESSE ET AUX GRANDS MÉDIAS, LORS DE SES DERNIERS ESSAIS SUR LE RÉSEAU FRANÇAIS...
... VOUS ASSISTEREZ ALORS À UNE NAISSANCE QUI VA ENTRER DANS L'HISTOIRE.
25

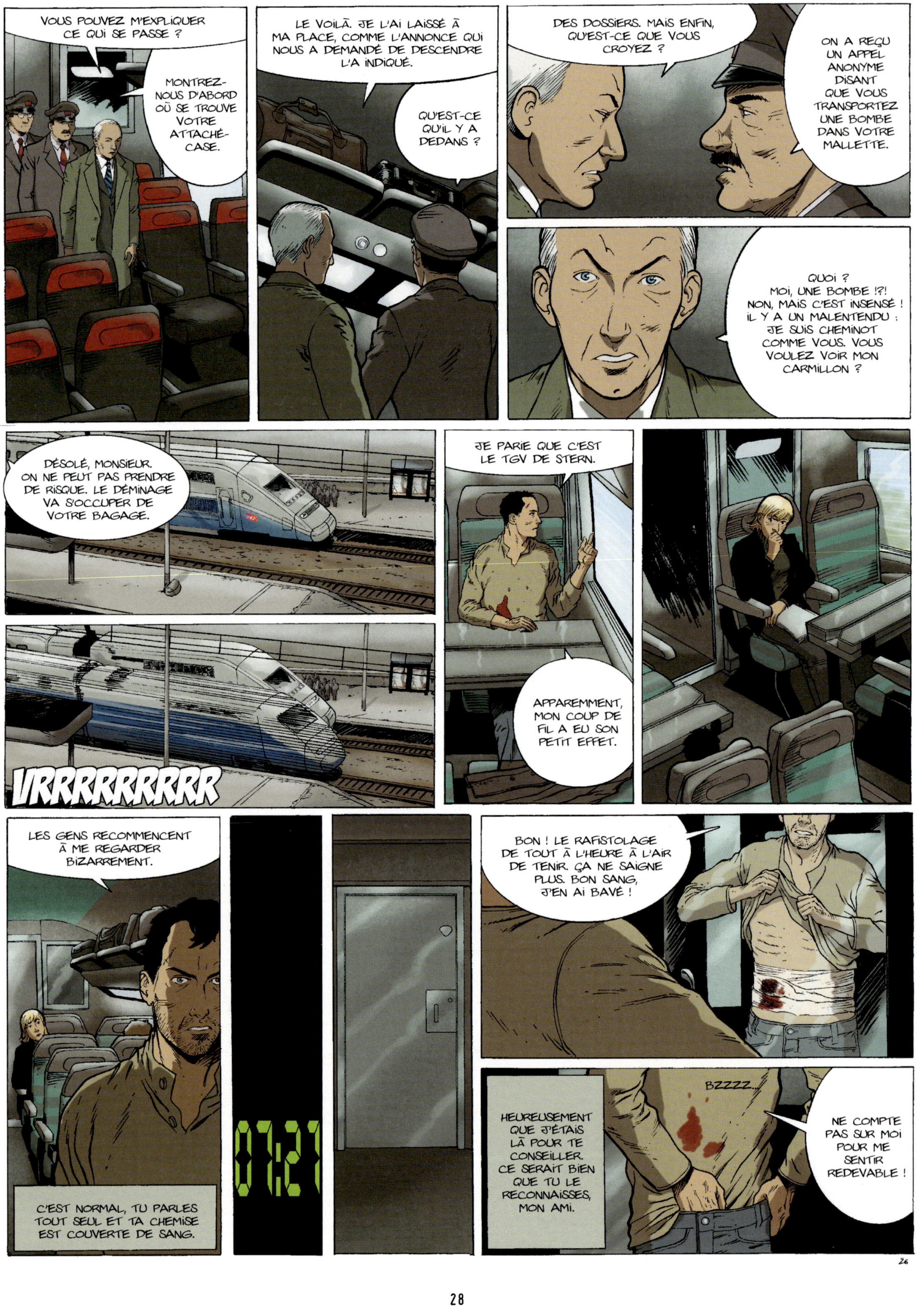
VOUS POUVEZ M'EXPLIQUER CE QUI SE PASSE ?
MONTREZ-NOUS D'ABORD OÙ SE TROUVE VOTRE ATTACHÉ-CASE.
LE VOILÀ. JE L'AI LAISSÉ À MA PLACE, COMME L'ANNONCE QUI NOUS A DEMANDÉ DE DESCENDRE L'A INDIQUÉ.
QU'EST-CE QU'IL Y A DEDANS ?
DES DOSSIERS. MAIS ENFIN, QU'EST-CE QUE VOUS CROYEZ ?
ON A REÇU UN APPEL ANONYME DISANT QUE VOUS TRANSPORTEZ UNE BOMBE DANS VOTRE MALLETTE.
QUOI ? MOI, UNE BOMBE !?! NON, MAIS C'EST INSENSÉ ! IL Y A UN MALENTENDU : JE SUIS CHEMINOT COMME VOUS. VOUS VOULEZ VOIR MON CARMILLON ?
DÉSOLÉ, MONSIEUR. ON NE PEUT PAS PRENDRE DE RISQUE. LE DÉMINAGE VA S'OCCUPER DE VOTRE BAGAGE.
VRRRRRRRRRR
JE PARIE QUE C'EST LE TGV DE STERN.
APPAREMMENT, MON COUP DE FIL A EU SON PETIT EFFET.
LES GENS RECOMMENCENT À ME REGARDER BIZARREMENT.
C'EST NORMAL, TU PARLES TOUT SEUL ET TA CHEMISE EST COUVERTE DE SANG.
07:27
BON ! LE RAFISTOLAGE DE TOUT À L'HEURE À L'AIR DE TENIR. ÇA NE SAIGNE PLUS. BON SANG, J'EN AI BAVÉ !
HEUREUSEMENT QUE J'ÉTAIS LÀ POUR TE CONSEILLER. CE SERAIT BIEN QUE TU LE RECONNAISSES, MON AMI.
BZZZZ...
NE COMPTE PAS SUR MOI POUR ME SENTIR REDEVABLE !
26

C'EST MON FRÈRE. MERDE, J'AI PRESQUE PLUS DE BATTERIE !
NE RÉPONDS PAS !
COMPTE LÀ-DESSUS !
ALLÔ, NICOLAS ?
OUI ! FRANGIN, QU'EST-CE QUE TU FOUS ?!
J'AI ENTENDU PARLER DE TES EXPLOITS. OÙ ES-TU ? TU N'AS RIEN ?
SI, J'AI QUELQUE CHOSE ! J'AI UNE BOMBE DANS LE CORPS, SI JE NE FAIS PAS CE QU'ON ME DIT, ELLE EXPLO...
PLUS DE BATTERIE.
UNE BOMBE ?!
DIS-MOI, MON AMI, TU TIENS À TON FRÈRE ?
CROIS-TU QUE J'HÉSITERAIS S'IL METTAIT SON NEZ DANS NOTRE AFFAIRE ?
ES-TU INCONSCIENT ? IMPLIQUER TON FRÈRE, C'EST LE CONDAMNER !
NON !
JE N'AI PAS BESOIN DE LUI.
NE LUI FAIS PAS DE MAL OU JE... JE...
IL NE ME MANQUERA PAS.
TAIS-TOI ! TAIS-TOI !
TU RISQUES BIEN D'AVOIR SA MORT SUR LA CONSCIENCE.
TAIS-TOI !!
JE NE VEUX PLUS...
... T'ENTENDRE !!
BOUM !
27

OH ! DOUCEMENT !
J'AI DIT...
BOUM
JE NE VEUX PLUS T'ENTEN-DRE !
JE NE VEUX PLUS...
... T'ENTENDRE !
BOUM !
HÉ ! MONSIEUR...
MONSIEUR, ÇA NE VA PAS ? VOUS M'ENTENDEZ ?
NE RECOMMENCE PAS, MON AMI.
PUTAIN...
ÇA N'A MÊME PAS MARCHÉ ! JE CONTINUE À L'ENTENDRE...
SI TU COUPES LA LIAISON, TU PERDS TA CHANCE DE SURVIVRE À CETTE JOURNÉE.
JE ME SUIS FAIT MAL POUR RIEN.
EUH... MONSIEUR, VOUS ÊTES SÛR QUE ÇA VA ?
MAIS OUI. JE SUIS JUSTE UN PEU TARÉ, C'EST TOUT !
06:49

?!
TU ES SÛR QUE LA POLICE M'ATTEND À LA GARE ?
TU VEUX VÉRIFIER PAR TOI-MÊME ?
BON SANG ! LE TGV DE STERN ! IL ME FAUT VITE UNE VOITURE.
VOUS VENEZ DE ROULER SUR MON CHAT QUI S'EST ÉCHAPPÉ !
QUOI ? MAIS J'AI RIEN...
VENEZ VOIR. JE CROIS QU'IL S'EST RÉFUGIÉ SOUS UNE VOITURE...
MON DIEU ! JE SUIS DÉSOLÉE, JE NE L'AI PAS VU DU TOUT !
MINOU ! MINOU !
VRRRR
!?
HA, HA, HA ! MON AMI ! JE NE T'AURAIS PAS CRU SI PEU GENTLEMAN !
TIBILI TIBILI
RE DE LYON PART-DIEU
SNCF
ALLÔ ?
BERNARD, C'EST ÉTIENNE PORTAL...
29

ÉTIENNE ! ALORS, ÇA Y EST, TES HOMMES ONT ARRÊTÉ CE NADAÏEV ?
MALHEUREUSEMENT, PAS ENCORE. JE PERQUISITIONNE CHEZ LUI, PENDANT QUE LES POMPIERS S'ACTIVENT...
... IL Y A EU UN DÉGÂT DES EAUX ICI. MAIS C'EST PAS POUR ÇA QUE JE T'APPELLE. NOS GARS ONT MIS LA MAIN SUR CELUI QUI L'A PRIS EN STOP. IL L'A CONDUIT À LA GARE DE BEAUNE...
... UN TRAIN POUR LYON PARTAIT À CE MOMENT-LÀ. IL EST ARRIVÉ IL Y A CINQ MINUTES...
... JE VIENS SEULEMENT DE L'APPRENDRE. J'AI BIEN PEUR QUE NOTRE HOMME SOIT DÉJÀ À LYON. TU ES OÙ, TOI ?
J'ARRIVE À L'INSTANT À LYON. MON TRAIN A PRIS DU...
MERDE ! ÉTIENNE, JE CROIS QU'IL EST LÀ, DERRIÈRE NOUS ! IL NOUS FILE !
QUOI ?
ATTENDS, J'AI UNE IDÉE. LAISSE-LE TE FILER ...
EN PLUS DES CAMÉRAS, J'AURAIS DÛ PLACER DES MICROS.
HEIN ? DE QUOI TU PARLES ?
LAISSE, MON AMI. CONCENTRE-TOI SUR TA CIBLE.
ON DIRAIT VRAIMENT LES DÉBRIS D'UNE BOMBE MINUSCULE. IL FAUT QUE J'ENVOIE ÇA AU LABO.
MAIS POURQUOI NADAÏEV AURAIT FAIT EXPLOSER SON AQUARIUM ?
05:37
ÇA Y EST ! ON EST ARRIVÉ À DESTINATION.

DIS-MOI OÙ TU TE TROUVES. JE VAIS ESSAYER DE ME CONNECTER À LEURS CAMÉRAS DE SURVEILLANCE.
Z.I. LONCARNEAU
DEPUIS LE TEMPS QUE JE CROISE DES PANNEAUX, TU NE SAIS PAS OÙ JE SUIS ?
SUR MON ÉCRAN, TES PANNEAUX SONT TROP PETITS POUR QUE JE PUISSE LES LIRE, MON AMI.
JE SUIS À LA ZONE INDUSTRIELLE DE LONCARNEAU. ÇA VA T'AIDER ?
PARFAIT. C'EST TOI QUE ÇA VA AIDER.
ÇA ALORS ! ON DIRAIT BIEN QUE SA CAMÉRA EST HORS SERVICE.
VOUS L'AVEZ REPÉRÉ ?
PAS ENCORE.
SECURIT
POURTANT IL EST LÀ, J'EN SUIS SÛR. IL VA FINIR PAR SE MONTRER, FORCÉMENT.
GRÂCE À LEURS CAMÉRAS, J'AI REPÉRÉ TROIS VIGILES, DONT LE CHEF DE SÉCURITÉ QUI EST DANS LE PC AVEC STERN ET SON CHAUFFEUR.
LA POLICE EST ARRIVÉE.
C'EST TROP TÔT. S'IL LES VOIT, IL NE SE MONTRERA PAS. DITES-LEUR DE S'ÉLOIGNER.
SECUR
NON, AUCUNE TRACE. IL NE DOIT PAS ÊTRE ENTRÉ...
31

?!
MONSIEUR STERN ! IL EST LÀ ! IL VIENT D'AVOIR JIPÉ !
LA POLICE EST LÀ. C'EST UN PIÈGE ! IL VA FALLOIR JOUER SERRÉ.
MERDE ! JE VAIS PAS Y ARRIVER !
BON, ÇA SUFFIT. JE M'EN VAIS AVANT QUE ÇA DÉGÉNÈRE. FAITES ENTRER LA POLICE.
STEF, ATTENTION ! JE NE SAIS PAS OÙ IL EST, C'EST COMME S'IL SAVAIT OÙ ÉTAIENT LES CAMÉRAS...
... IL A EU JIPÉ, ET JE CROIS QU'IL A PRIS SON ARME !
JE SAIS.
LES RATS QUITTENT LE NAVIRE. STERN EST EN TRAIN DE FUIR.
IL VA CERTAINEMENT REJOINDRE LA CACHETTE DE LA LOCO. MAIS IMPOSSIBLE DE LE SUIVRE, LA POLICE TE CUEILLERAIT À LA SORTIE.
T'ES EN TRAIN DE ME DIRE QUE JE SUIS FOUTU ?
STEF ? STEF, TU M'ENTENDS ? ALLÔ ?
OFFICIER, IL N'Y A PLUS QUE MOI ET NADAÏEV, ICI. JE VAIS VOUS LAISSER ENTRER AVEC VOS HOMMES. JE...
PAS QUESTION !
DITES-LEUR QUE LA SITUATION EST SOUS CONTRÔLE. QU'ILS PARTENT.
VOUS ÊTES SÛR ? ET NADAÏEV ? SI VOUS L'AVEZ, IL FAUT NOUS LE LIVRER.
ALORS ?
IL TIENT ABSOLUMENT À CE QU'ON S'EN AILLE. C'EST LOUCHE.
ON VA RESTER !
32

JE VOUS ASSURE QUE JE NE SAIS PAS OÙ EST PARTI STERN.
IL MENT, C'EST SÛR...
UN INSTANT, MON AMI. NOUS ALLONS LE FAIRE PARLER...
... JUSTE LE TEMPS DE TROUVER SON DOSSIER.
FRANCK, COMMENT VONT CORINNE ET STEVEN ?
?!
EH ! QU'EST-CE QUE VOUS VOULEZ À MA FEMME ET MON FILS ?
SÉCURITÉ
EUH... VOUS NE VOUDRIEZ PAS QU'ILS FINISSENT COMME JÉRÔME CHERRIÉ ?
VIRUS !
?
QUOI, "VIRUS" ?
NE ME PRENEZ PAS POUR UN IDIOT ! J'AI COMPRIS. VIRUS, C'EST VOUS ! STERN VOUS A ENGAGÉ POUR EMPÊCHER CHERRIÉ DE VENDRE LE PROJET À LA CONCURRENCE, PAS POUR LE TUER ! LA POLICE A CONCLU AU SUICIDE, MAIS ON N'EST PAS DUPE...
... C'EST PAS ÉTONNANT QUE VOUS NOUS AYEZ EU SI FACILEMENT. VOTRE RÉPUTATION N'EST PAS USURPÉE.
ET C'EST MON TOUR, HEIN ?
MERDE ! FINIR COMME ÇA...
S'IL VOUS PLAÎT, ÉPARGNEZ MA FAMILLE : JE VOUS DIS OÙ EST STERN.
05:11

EH, ÇA BOUGE, PAR LÀ !
C'EST LUI ! LE SIGNALEMENT CORRESPOND !
POLICE
OH ! VOUS, LÀ-BAS, ARRÊTEZ-VOUS ! LES MAINS EN L'AIR !
APPELLE LE CHEF DE POSTE, QU'IL NOUS OUVRE !
TU ES SÛR ?
TU CROIS QUE TU AS LE CHOIX, MON AMI ?
ÇA NE RÉPOND PAS !
ET MERDE ! SUIVEZ-MOI !
POLICE
POLICE
LÀ ! JE L'AI VU DISPARAÎTRE AU COIN DE CE BÂTIMENT.
EH ! STOP ! ARRÊTEZ !
ARRÊTEZ OU JE TIRE !
DERNIÈRE SOMMATION !
POLICE
PAW PAW
PAC
PUTAIN !
34

PAW PAW
04:56
BROM BOLOM
J'ESPÈRE QUE LA VOITURE DE FRANCK A DES AMORTISSEURS SOLIDES.
COMBIEN DE TEMPS JE VAIS DEVOIR ROULER SUR LES VOIES ?
JUSQU'AU PROCHAIN PASSAGE À NIVEAU. NE TRAÎNE PAS. CES VOIES SONT EN SERVICE. SI UN TRAIN ARRIVE, TU ES MAL, MON AMI.
J'AIME PAS ÇA. J'AIME PAS ÇA DU TOUT !
OH, NON ! TOUTES LES MERDES POSSIBLES, JE ME LES PRENDS !!
EH ! C'EST PAS VRAI ?! J'ARRIVE PAS À SORTIR DES VOIES, JE SUIS COINCÉ !!
SNCF
TUUUUUUUUUT
IIIIIIII
35

CRAAAASH!
SNCF
04:21
JE ME TROMPE OU TU ES VIRUS ?
NON, MON AMI, TU NE TE TROMPES PAS.
JE SUIS VIRUS...
... LE CHIRURGIEN DE LA SOCIÉTÉ.
02:04
36

DEUX HEURES ET DEMIE DE MARCHE. TOUT CE TEMPS PERDU !
OUI, MAIS ON A ÉVITÉ LES ROUTES. NOUS SOMMES PASSÉS ENTRE LES MAILLES DE LA POLICE.
POURVU QUE JE N'ARRIVE PAS TROP TARD. STERN A PEUT-ÊTRE ENVOYÉ SON PROTOTYPE AILLEURS.
DIRE QUE JE VAIS DEVOIR M'ATTAQUER À CE TRUC À MOI TOUT SEUL ! JE SUIS ÉPUISÉ, J'EN PEUX PLUS !
TU ME DEMANDES L'IMPOSSIBLE, LÀ, VIRUS. T'AS PU TE CONNECTER À LEURS CAMÉRAS ?
MALHEUREUSEMENT NON. LE MOT DE PASSE EST IMPOSSIBLE À CRACKER. CE SITE EST NETTEMENT PLUS SÉCURISÉ QUE L'AUTRE. C'EST SIGNE QUE C'EST LE BON.
TANT MIEUX. MAIS TOUT ÇA NE ME DIT PAS COMMENT...
GRRR...
?!
... JE VAIS POUVOIR ENTRER.
WAH!
WAH! WAH!!
C'EST FOUTU ! PUTAIN, C'EST FOUTU ! COMBIEN IL ME RESTE ? DEUX HEURES VINGT ? DEUX HEURES ET QUART ?
IL FAUT VOIR LE BON CÔTÉ DES CHOSES, MON AMI. AU MOINS, TU ES DANS LA PLACE.
CE TYPE EST MALADE !
!
MAIS... !?!
SÉCURI
NICOLAS !!
ALORS C'EST VOUS, MAKKAL NADAÏEV ? VOUS M'AVEZ L'AIR EN PITEUX ÉTAT. TOUT DE MÊME, JE SUIS IMPRESSIONNÉ PAR AUTANT DE DÉTERMINATION !...
AH, ENFIN ! L'HEURE DE LA CONFRONTATION.
37

FRANCK, QUE JE VIENS D'AVOIR, PENSE QUE VOUS ÊTES VIRUS. MAIS J'EN DOUTE. FRANCK NE SERAIT PLUS LÀ POUR EN PARLER, N'EST-CE PAS ?
JE NE SUIS PAS VIRUS, MAIS IL N'EST PAS LOIN...
... IL EST LÀ. IL VOUS ÉCOUTE ET VOUS REGARDE À TRAVERS MOI. IL M'A GREFFÉ UNE CAMÉRA ET UN ÉMETTEUR-RÉCEPTEUR.
DIS-LUI QU'IL N'AURAIT PAS DÛ REFUSER DE ME PAYER.
IL VOUS REPROCHE DE NE PAS AVOIR VOULU LE PAYER.
QUOI, VOUS ÊTES SÉRIEUX ? VIRUS ME PARLE À TRAVERS VOUS ?!
ALORS, ÉCOUTEZ-MOI BIEN, VIRUS. IL N'EST PAS QUESTION QUE JE VOUS PAIE POUR CE QUE VOUS AVEZ FAIT ! TUER CHERRIÉ N'ÉTAIT PAS DANS LE CONTRAT ! ET CE N'EST PAS AVEC CE PAUVRE NADAÏEV QUE VOUS ALLEZ M'EXTORQUER QUOI QUE CE SOIT !
HA, HA, HA ! TU N'Y ES PAS DU TOUT, MON CHER STERN ! JE T'AI ENVOYÉ MON AMI POUR LE COMPTE DE MON NOUVEAU CLIENT.
UN RUSSE. ÇA TE DIT QUELQUE CHOSE, STERN ?
IL A UN NOUVEAU CLIENT. UN RUSSE...
MAIS ARRÊTEZ, TOUS LES DEUX, MERDE ! JE SUIS PAS UN TÉLÉPHONE !
J'AI UNE BOMBE DANS LE CORPS, PROGRAMMÉE POUR EXPLOSER DANS MOINS DE DEUX HEURES SI JE N'ARRIVE PAS À VOUS VOLER VOTRE FOUTUE MACHINE !...
JE NE VEUX PAS MOURIR, MERDE ! JE NE VEUX PAS MOURIR.
IL... IL EST AU BOUT DU ROULEAU !
SÉCURITÉ
OUI. INUTILE DE CONTINUER À TORTURER CE PAUVRE HOMME. PRÉVENONS LES AUTORITÉS.
SÉCURITÉ
01:39
ET MAINTENANT ?
PAS DE PANIQUE. NOUS AVONS UN ALLIÉ SUR LE SITE.
38

EH, OUI ? ET CET ALLIÉ NE SERAIT PAS NICOLAS DOMAIN, MON DEMI-FRÈRE?
EH ! BIEN DEVINÉ ! MON EFFET DE SURPRISE TOMBE À PLAT !
ÇA SE CONFIRME, SA CAMÉRA EST EN PANNE.
TU COMPRENDS POURQUOI JE T'AI CHOISI ? DEUX FRÈRES ! L'UN EST CHEF DE LA SÉCURITÉ DU PROTOTYPE, L'AUTRE EST CONDUCTEUR DE LOCOMOTIVE. JE NE POUVAIS PAS PASSER À CÔTÉ DE CETTE CHANCE, MON AMI.
ET, POUR L'INSTANT, IL NE SAIT PAS QUE JE SAIS. C'EST SON TALON D'ACHILLE.
C'EST TON FRÈRE. IL N'A PAS D'AUTRE CHOIX QUE T'AIDER, S'IL NE VEUT PAS TE PERDRE.
C'EST IMPARABLE, MON AMI.
VOUS CROYEZ VRAIMENT QU'IL A MIS UNE BOMBE DANS LE CORPS DE... DE CET HOMME ?
CONNAISSANT VIRUS, ÇA NE M'ÉTONNERAIT PAS.
NE PERDONS PAS DE TEMPS. J'APPELLE LA POLICE POUR QU'ELLE SE CHARGE DE NADAÏEV.
ATTENDEZ !
PARDON ?!
EUH... INUTILE. JE VAIS M'EN CHARGER MOI-MÊME. C'EST MON RÔLE, APRÈS TOUT.
D'ACCORD, MAIS ALORS SOYEZ PLUS EFFICACE QUE POUR PROCÉDER À L'ENLÈVEMENT DE NOTRE PROTOTYPE. PLUS DE TROIS HEURES QUE J'ATTENDS SOUS PRÉTEXTE DE VOS FOUTUES PROCÉDURES !
À CROIRE QUE VOUS ATTENDIEZ NADAÏEV !
ON ATTENDAIT PAUL ROCHA, LE CONDUCTEUR DU PROTOTYPE.
ÇA VA, DOMAIN ? VOUS ME SEMBLEZ BIEN PÂLE.
ÇA VA... CE RUSSE, VOUS SAVEZ DE QUI IL S'AGIT ?
SÉCURITÉ
JE CROYAIS QUE LES RJD ÉTAIENT D'ACCORD POUR ÊTRE VOS PARTENAIRES ? GRÂCE À VOTRE PROTOTYPE.
LA COMPAGNIE RUSSE EST DANS NOTRE PROJET. ELLE EST AUSSI DANS LE PROJET DE LA DB. LES RUSSES SE SONT LIÉS AUX ALLEMANDS DANS TOUT CE QUI EST FERROVIAIRE. MAIS CE N'EST PAS EUX.
... IL Y A UN OLIGARQUE QUI A MISÉ UN DEMI-MILLIARD DANS LE PROJET ALLEMAND...
SÉCURITÉ
39

C'EST LE MOMENT. IL N'Y A PERSONNE ET ON EST HORS CHAMP DES CAMÉRAS.
... IL NE PEUT COURIR LE RISQUE QUE NOTRE PROTOTYPE DEVIENNE OPÉRATIONNEL...
DOMAIN ! QU'EST-CE QUE VOUS FAITES ?
VOUS TRAVAILLEZ POUR VIRUS ?
NON...
... POUR MON FRÈRE. DÉSOLÉ !
DIBIDIDIP
CAPITAINE PORTAL...
ÉTIENNE, C'EST JEAN-MARC, DU LABO...
... C'ÉTAIT BIEN UNE MINI-BOMBE. AVEC UNE MINUTERIE QUI SE DÉCLENCHE À DISTANCE...
... MAIS LA PORTÉE DU SIGNAL EST TRÈS COURTE. QUELQUES MÈTRES SEULEMENT.
QUOI ? ÇA VEUT DIRE QUE CELUI QUI L'A FAIT EXPLOSER SE TROUVAIT SUR LES LIEUX ! OU...
C'ÉTAIT PEUT-ÊTRE NADAÏEV LUI-MÊME ?
J'EN DOUTE. ON A RETROUVÉ DU SANG CHEZ LUI. IL S'EST PASSÉ DES TRUCS LOUCHES, LÀ-BAS. J'Y RETOURNE...
... IL FAUT QUE J'EN AIE LE COEUR NET. AH, MERDE ! JE PARS AVEC LE FIXE !
ARRÊTEZ, DOMAIN ! VOUS FAITES UNE GRAVE ERREUR. J'IGNORE COMMENT VIRUS VOUS TIENT, MAIS IL Y A FORCÉMENT UNE SOLUTION...
... SI LE PROTOTYPE N'EST PAS OPÉRATIONNEL VENDREDI, LE PROJET EST MORT !...
... LE TEMPS DE METTRE AU POINT UN NOUVEAU PROTOTYPE, LA DEUTSCHE BAHN AURA VERROUILLÉ TOUT LE MARCHÉ. VOUS N'IMAGINEZ PAS LES SOMMES COLOSSALES QUI SONT EN JEU...
SÉCURITÉ
... C'EST POLITIQUE, C'EST STRATÉGIQUE. IL S'AGIT D'ACCORDS AVEC LA CHINE, AVEC LA RUSSIE. CE N'EST PAS...
IL S'AGIT SURTOUT DE LA VIE D'UN HOMME, BON SANG ! VOUS COMPRENEZ PAS ÇA ?!
40

ET CET HOMME, IL SE TROUVE QUE C'EST MON FRÈRE !
VOTRE FRÈRE ?!
OUI. ON N'A PAS LE MÊME NOM PARCE QU'ON N'A PAS LE MÊME PÈRE. EN SUBTILISANT LE DOSSIER DE MAKKAL, VIRUS VOUS A EMPÊCHÉ DE COMPRENDRE QUE JE FAISAIS PARTIE DE SON PLAN.
MMH !
01:21
COMBIEN DE TEMPS ?
UNE HEURE VINGT. J'ESPÈRE QUE TON FRÈRE N'EST PAS UN SALAUD !
!
LA PREUVE, QUE C'EST PAS UN SALAUD.
NICOLAS, JE SUIS DÉSOLÉ. JE NE SAVAIS PAS QUE TU BOSSAIS ICI.
JE M'EN DOUTE.
AH, MON AMI, C'EST BEAU LE SENTIMENT FRATERNEL ! TOUCHANT TABLEAU DE FAMILLE !
ET SI TU LA FERMAIS DEUX MINUTES ?!
HEIN ?
NON, JE PARLE À MA TÊTE.
T'ES EN TRAIN DE FOUTRE TA CARRIÈRE EN L'AIR..
JE SAIS.
LA CLÉ. DEMANDE-LUI S'IL A LA CLÉ.
QUOI ? QUELLE CLÉ ?
LA CLÉ DE SÉCURITÉ DU PROTOTYPE, JE SUPPOSE. LA VOILÀ, JE L'AI PRISE À STERN. IL ÉTAIT LE SEUL À L'AVOIR.
SÉCURITÉ
EXACTEMENT. C'EST POUR ÇA QU'IL FALLAIT QU'IL SOIT LÀ. SANS LA CLÉ, RIEN N'EST POSSIBLE.
PARFAIT. TU VOIS QU'IL N'Y AVAIT PAS DE RAISON DE CÉDER À LA PANIQUE !
?!
JE VOIS. TU AS BIEN PRÉPARÉ TON COUP, VIRUS.
!

IL NE TE RESTE PLUS QU'À SAUTER DANS LA LOCO.
C'EST ÇA, UN JEU D'ENFANT !
!?
01:12
EH ! OÙ TU L'EMMÈNES ?
SÉCURITÉ
STERN VEUT L'INTERROGER À NOUVEAU.
DÈS QUE TU ES À BORD DE LA LOCO, JE PRÉVIENS LE POSTE D'AIGUILLAGE. IL TE FERA PASSER. POUR LE RESTE, TU N'AS PAS À T'INQUIÉTER, MES HOMMES SAVENT QU'ON DOIT FAIRE SORTIR LE PROTOTYPE.
... MAIS TU ES SÛR DE VOULOIR ?...
OUI. EST-CE QUE VIRUS ME LAISSE LE CHOIX ?
TU SAIS QUE TU NE POURRAS PAS ALLER BIEN LOIN ? DANS 15 KILOMÈTRES, IL Y A UN AUTRE AIGUILLAGE. L'AIGUILLE EST FERMÉE. TU RISQUES DE DÉRAILLER.
J'IRAI DOUCEMENT, PROMIS.
MAKKAL, ARRÊTE DE JOUER À L'IDIOT ! LE BUT DE VIRUS NE PEUT ÊTRE QUE DE DÉTRUIRE LE PROTOTYPE, D'UNE FAÇON OU D'UNE AUTRE...
... ET TOI AVEC !
CE DONT TU PEUX ÊTRE SÛR, MON AMI, C'EST QUE LA BOMBE EXPLOSERA DANS UNE HEURE SI TU NE CONDUIS PAS LE PROTOTYPE HORS D'ICI.
42

00:56
NICOLAS AVAIT RAISON, ILS ME LAISSENT PASSER SANS PROBLÈME.
VIRUS, ESPÈCE D'HYPOCRITE ! TU DISAIS QUE JE N'AURAIS PAS DÛ IMPLIQUER MON FRÈRE, ALORS QU'IL L'ÉTAIT DÉJÀ.
SNCF
00:48
IL EST OÙ ? IL NE DOIT PAS ÊTRE LOIN...
IL EST LÀ !
IL NE M'A PAS MENTI, IL VA VRAIMENT TRÈS DOUCEMENT.
ON DIRAIT... OUI, C'EST NICOLAS.
SNCF
SI JE VOIS LE MOINDRE TRUC LOUCHE, JE SAUTE EN MARCHE.
00:31
VIRUS, J'AI REMPLI MA PART DU MARCHÉ, LÀ, NON ?
PAS ENCORE, MON AMI. UN PEU DE PATIENCE.
UN PEU DE PATIENCE ?!

MAIS QU'EST-CE QUE TU VEUX QUE JE FASSE DE TON TRAIN ? J'AI QUINZE KILOMÈTRES À FAIRE, APRÈS C'EST FINI !
CONDUIS LA MACHINE, C'EST TOUT CE QUE JE TE DEMANDE.
00:18
ALLÔ, LES SECOURS ?...
MERCI !
BON SANG, LE PROTOTYPE ! IL M'A VOLÉ LA CLÉ...
00:09
LES SECOURS ! PUTAIN, ÇA SENT LE SAPIN !
VIRUS, ARRÊTE DE JOUER ! ET DÉSAMORCE LA BOMBE !!
00:02
C'EST PAS POSSIBLE ?! C'EST UN CAUCHEMAR !
TU ATTENDS QUOI ? LA BOMBE VA EXPLOSER, C'EST ÇA ?
AH, MON AMI...
BIEN SÛR QU'ELLE VA EXPLOSER ! C'EST ELLE QUI VA DÉTRUIRE LE PROTOTYPE !
QU... QUOI ?!
MAIS... ELLE EST TROP PETITE POUR...
CETTE BOMBE N'EST PAS UNE BOMBE CONVENTION-NELLE...
C'EST UNE BOMBE ÉLECTROMAGNÉTIQUE !
CONÇUE POUR GRILLER LES CIRCUITS ÉLECTRIQUES ET LES COMPOSANTS ÉLECTRONIQUES QUI SE TROUVENT À SA PORTÉE.
FATALE POUR NOTRE PROTOTYPE HIGH TECH.

TU ES L'ARME, MON AMI, LE MISSILE QUE J'AI LANCÉ SUR MA CIBLE.
00:01
ET TU N'AS PAS FAILLI. NOUS AVONS FORMÉ UNE BONNE ÉQUIPE, TU NE TROUVES PAS ?
ADIEU.
00:00
QU'EST-CE QUE ?...
TOUT S'EST ÉTEINT D'UN COUP !
MAKKAL...
MAKKAL !!
HA, HA, HA !!
?!
ON L'A BAISÉ !!
?
la Caméra est H.S Fais moi Prendre un autre train que le PROTOTYP
VOUS ME CONFIRMEZ QUE L'APPARTEMENT AU-DESSUS DE CELUI DE NADAÏEV EST INOCCUPÉ ?
OUI... FFFFH !
ÇA FAIT LONGTEMPS QUE L'ASCENSEUR EST EN PANNE ?
OUPF ! TROP LONGTEMPS !
AH ! VOILÀ, C'EST OUVERT.
MERCI. ÉCARTEZ-VOUS, MAINTENANT.
45

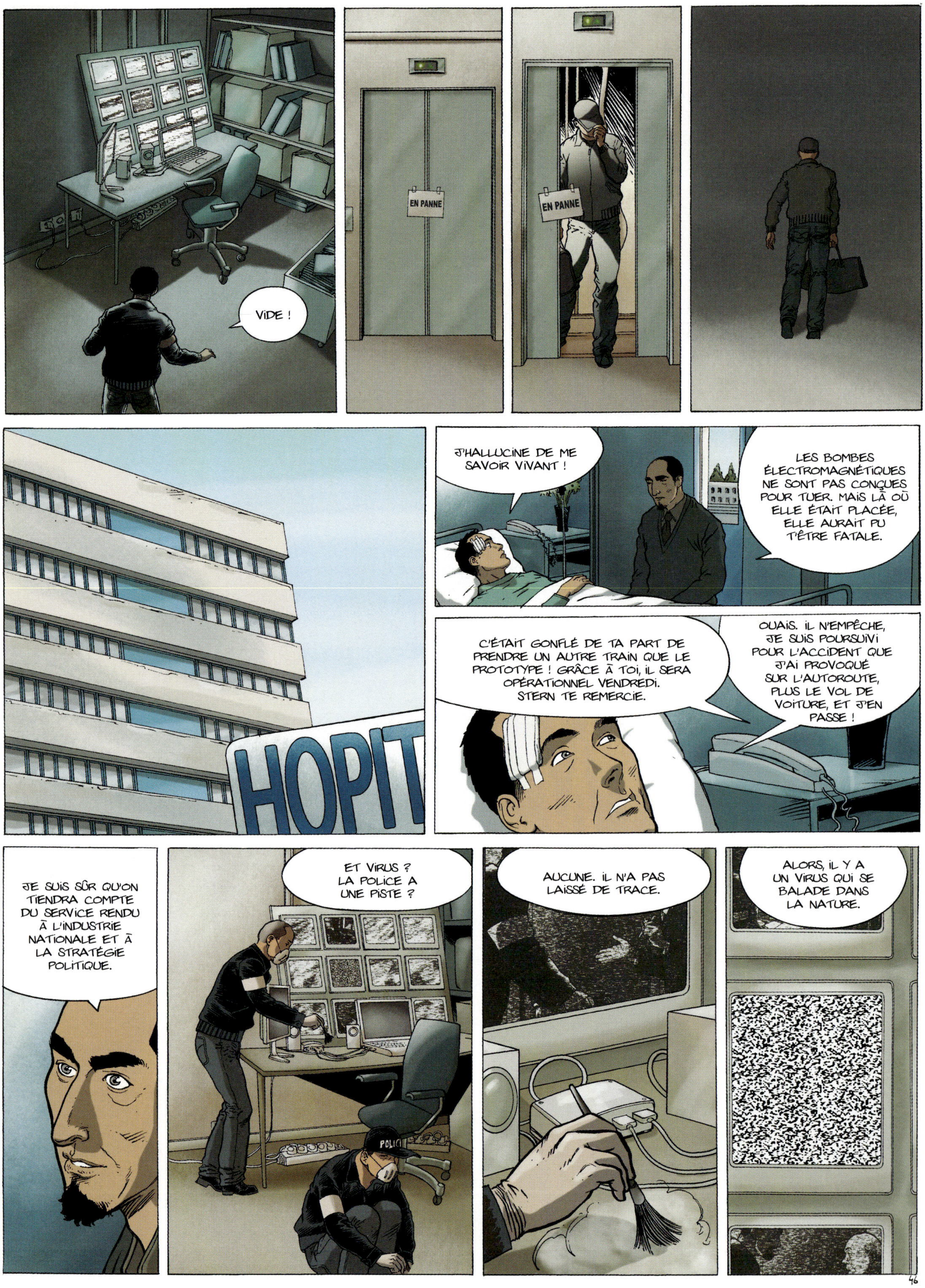
VIDE !
EN PANNE
EN PANNE
HOPIT
J'HALLUCINE DE ME SAVOIR VIVANT !
LES BOMBES ÉLECTROMAGNÉTIQUES NE SONT PAS CONÇUES POUR TUER. MAIS LÀ OÙ ELLE ÉTAIT PLACÉE, ELLE AURAIT PU T'ÊTRE FATALE.
C'ÉTAIT GONFLÉ DE TA PART DE PRENDRE UN AUTRE TRAIN QUE LE PROTOTYPE ! GRÂCE À TOI, IL SERA OPÉRATIONNEL VENDREDI. STERN TE REMERCIE.
OUAIS. IL N'EMPÊCHE, JE SUIS POURSUIVI POUR L'ACCIDENT QUE J'AI PROVOQUÉ SUR L'AUTOROUTE, PLUS LE VOL DE VOITURE, ET J'EN PASSE !
JE SUIS SÛR QU'ON TIENDRA COMPTE DU SERVICE RENDU À L'INDUSTRIE NATIONALE ET À LA STRATÉGIE POLITIQUE.
ET VIRUS ? LA POLICE A UNE PISTE ?
AUCUNE. IL N'A PAS LAISSÉ DE TRACE.
ALORS, IL Y A UN VIRUS QUI SE BALADE DANS LA NATURE.
46

Le Vietnam lui a donné la mort pour regard...

CYCLE I COMPLET

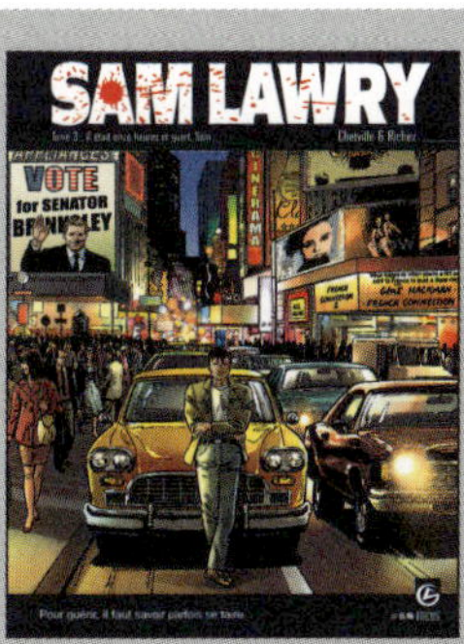

Pour guérir, il faut savoir parfois se taire...

CYCLE II COMPLET

En pleine guerre froide, ils étaient les yeux de l'Amérique...

— CYCLE III ép. 1/2 —

Université de Yale...
Licence en crimes...

— CYCLE I ép. 1/2 —

Personne ne sait où se trouve le Village, il n'a pas de nom, il n'existe pas...

— Histoire complète —

La bombe qu'il doit désamorcer, c'est lui...

— Histoire complète —